ISBN : 978-2-7470-2512-6
© Bayard Éditions Jeunesse 2008
Dépôt légal : janvier 2008
Imprimé en Chine
Loi 49-956 du 16 juillet 1949
sur les publications destinées à la jeunesse

Véronique Massenot • Virginie Guérin

Une pomme pour deux

BAYARD JEUNESSE

Il était une fois, sur un pommier,
une petite pomme que le soleil
et la pluie, tour à tour, avaient fait

grossir, grossir, **grossir…**

Un jour, deux petits vers
eurent la même idée :
s'installer dans la pomme !

Chacun de son côté
creusa son entrée, sa petite cuisine,
son salon avec cheminée,
puis, à l'étage,
sa chambre à coucher.

Hélas…
La pomme n'était pas si grosse,
et bientôt les deux petits vers
se trouvèrent nez à nez.

– Non mais ! Que faites-vous
dans **ma** chambre ? s'étonna le premier.
– Et vous ? répondit le second,
que faites-vous dans **mon** salon ?

Une dispute éclata aussitôt :
– J'étais là avant !
– Non ! C'était moi le premier !
– Menteur !
– Toi-même !

Les deux petits vers étaient si en colère
et ils s'agitaient tant et tant,
que la pomme tomba du pommier.

Elle se mit à rouler, rouler, **rouler**...

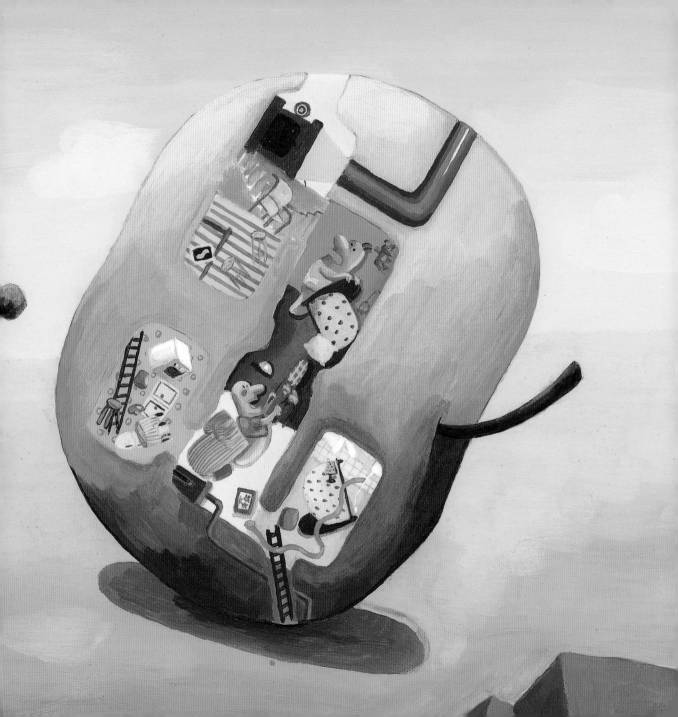

...Et **bang**!
La pomme, en roulant,
se fracassa contre une pierre.
Catastrophe! Les deux petits vers
n'avaient plus de maison!

Par chance, tout près de là,
ils aperçurent une belle poire dorée,
dodue à souhait.
– Je l'ai vue le premier !
s'écrièrent-ils ensemble.
Et ils éclatèrent de rire.
– Allez, on creuse ? dirent-ils en chœur.

Pas de doute,
à deux,
tout est mieux!

Dans la même collection

Qui veut un bisou ?
Éric Simard • Ingrid Godon

Loup Gouloup et la lune
Roland Nadaus • Guido Van Genechten

Le petit chasseur de bruits
Sylvie Poillevé • Éric Battut

Le concours de bisous
Carl Norac • Ingrid Godon

Grand-mère Sucre et Grand-père Chocolat
Gigi Bigot • Josse Goffin

Bienvenue, Poussin !
Marie-Agnès Gaudrat • Marie-Laurence Gaudrat

Le grand amour de Bô l'ourson
Claire Clément • Éric Gasté

Retrouve aussi tous les mois le magazine *Tralalire*
avec deux histoires inédites, Lou le loup, et tes rubriques préférées !